恐怖的賽車之

○從右側選一輛自己喜歡的車子

（你們也可以任意在上面加畫線段。）

怪傑佐羅力之恐怖的賽車

文·圖 **原裕** 譯 王蘊潔

媽媽，媽媽，媽媽呀，
媽媽呀，請你聽我說，
我們三個人的腳，
已經硬得像木棒，
如果能有
一輛車來代步，
旅途就會既涼快、
又開心，
媽媽呀，
請你聽聽我的心聲，

讓我們快點擁有一輛漂亮的跑車，我們無論如何，都要得到它。
啊!!那是什麼——

就在佐羅力對著天空唱歌時，伊豬豬和魯豬豬突然異口同聲的大叫起來，兩個人的手都指著同一個方向。

順著他們指的方向望去，發現一張這樣的廣告海報。

快來購買

噗嚕嚕糖果公司的噗嚕嚕冰棒

就有機會得到汽車大獎!!

只要吃完噗嚕嚕冰棒，看到冰棒棍上有「恭喜中獎」字樣，這輛車子就讓你開回家。

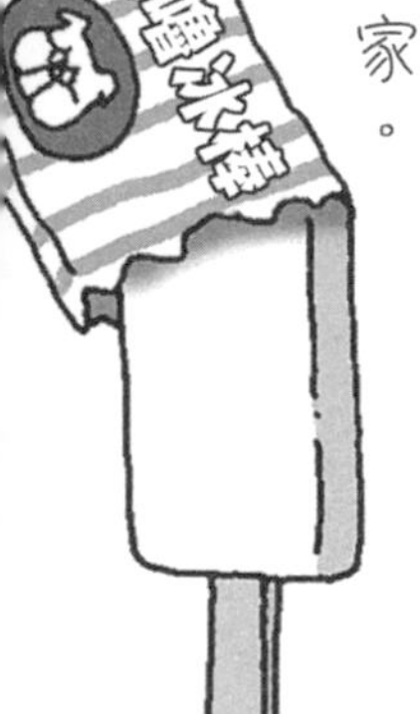

噗嚕嚕冰棒
1根50圓
（含消費稅）
清新爽口的
檸檬汽水口味

啊，那就是我想要的超酷跑車。

媽媽，謝謝你，這麼快就給我得到車子的機會。

吃了冰棒，不只會覺得涼快，還能夠得到超酷跑車，聽起來很讚吧！

心動不如馬上行動，
佐羅力三人
立刻衝進了糖果店。
但是，
他們身上的錢
所剩不多了，
一根五十圓的冰棒，
他們三人只能合買
一根解饞。

三個人圍著冰棒，帶著祈禱的心情，你舔一口，我舔一口，舔得不亦樂乎。

難道是天氣太熱，讓他們的腦袋熱壞掉了嗎？
噗嚕嚕冰棒
各位好孩子，垃圾一定要丟進垃圾桶呵！

這時，在噗嚕嚕糖果公司的董事長室……

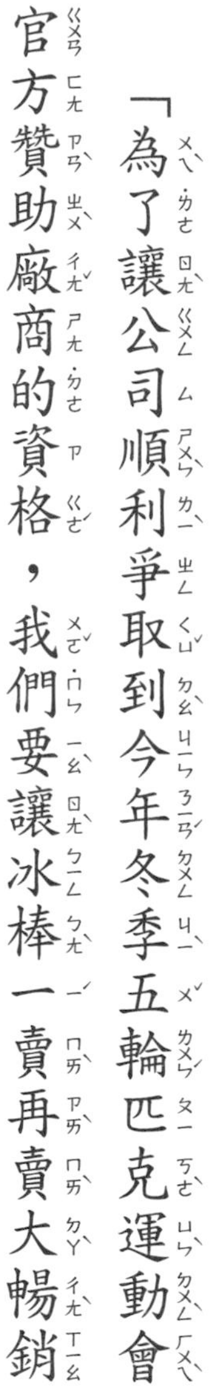

「為了讓公司順利爭取到今年冬季五輪匹克運動會官方贊助廠商的資格，我們要讓冰棒一賣再賣大暢銷，才能募集到足夠的資金。摳噗嚕，你了解嗎？」

「老闆，我當然知道，但獎品是那麼高級的跑車，這種一根五十圓的冰棒

即使賣掉再多，
也要虧本啊……」
「摳噗嚕，這種事
你就不必操心了，
我們公司的噗嚕嚕冰棒
雖然都會中獎，
但是絕對不會有人得到獎品。」
「啊，噗嚕嚕老闆，我懂了，
您一定又有什麼耍詐的妙計了。」

※這位噗嚕嚕老闆
以前也用耍詐的方法
賣過巧克力。詳情請參考
《怪傑佐羅力之勇闖巧克力城》

「你這麼說真失禮，我如果真要耍詐，
就會讓他們誰都中不了獎。
但我剛才已經說了，
我們的冰棒都會中獎。」

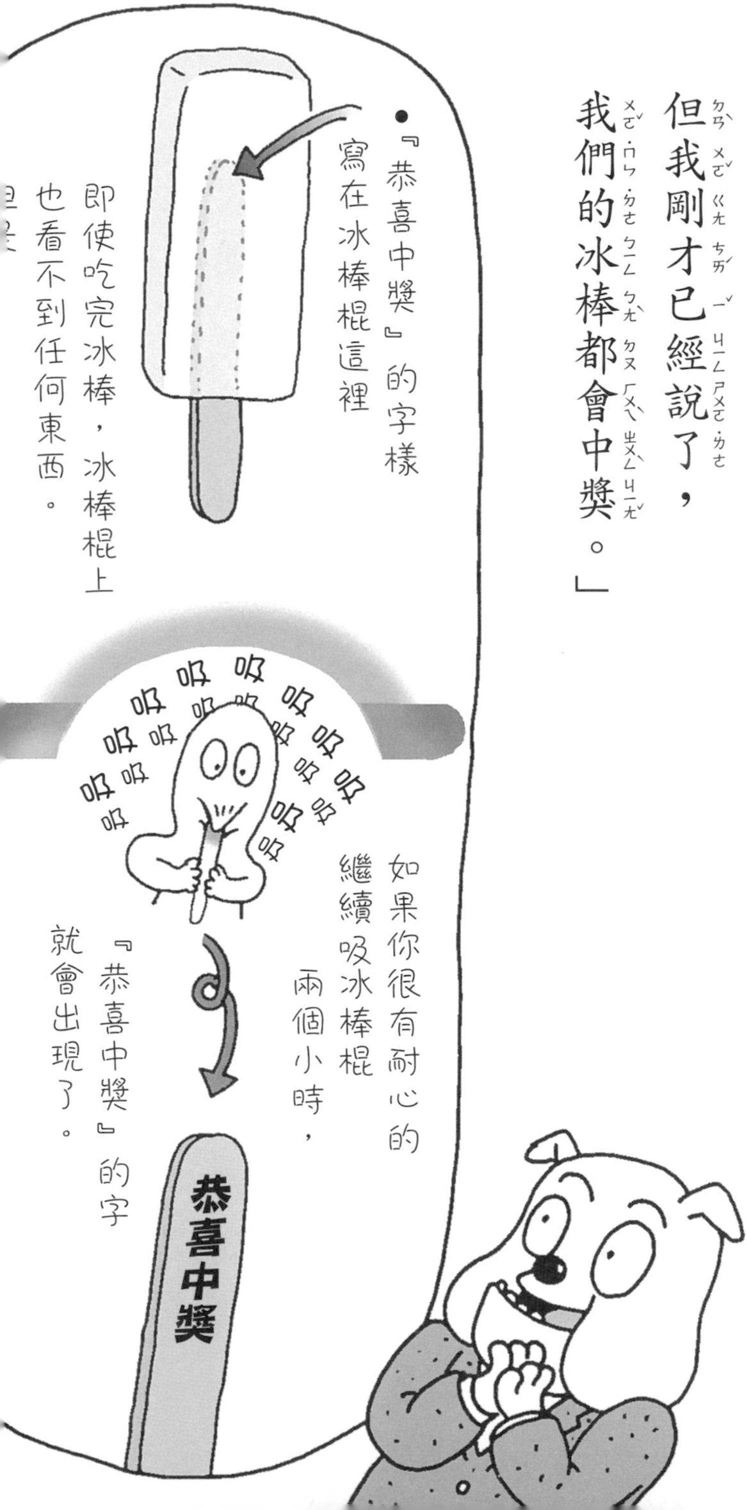

•『恭喜中獎』的字樣
寫在冰棒棍這裡

即使吃完冰棒，冰棒棍上
也看不到任何東西。

如果你很有耐心的
繼續吸冰棒棍
兩個小時，
『恭喜中獎』的字
就會出現了。

恭喜中獎

噗嚕嚕老闆得意洋洋的繼續向摳噗嚕解釋：

「雖然說貪吃鬼吃遍天下，但要吃完以後還一直吸冰棒棍，不要說早就沒有冰棒的味道了，就連木頭的味道也都會吸光光了……」

噗嚕嚕老闆的話還沒有說完，這時——

恭喜中獎
啪
中了、中了，我們中獎了——
趕快給我們跑車！

佐羅力三人一起衝進了董事長室。

「我早就猜到會是他們三個人，只是沒有想到，他們這麼快就出現了……」

噗嚕嚕老闆自言自語的嘀咕完，對著興奮的甩著「恭喜中獎」冰棒棍的佐羅力三人說：

「先等一下，你們高興得太早了，還要再繼續吸這根冰棒棍兩分鐘。」

佐羅力乖乖的把冰棒棍放進嘴裡用力吸。
吸吸
吸吸

吸吸
吸吸
吸吸
吸吸
吸吸
吸吸

結果發現——

在「恭喜中獎」的字下方，又浮現出幾行寫得很小很小的字。
恭喜中獎
憑著這根「恭喜中獎」的冰棒棍，你將可獲得迷你四驅車賽車的參賽資格。
賽、賽車？這到底是怎麼一回事？

噗嚕嚕拿出了名叫迷你四驅車的小汽車模型，遞到佐羅力的面前，對他說：

「這裡有兩輛完全一模一樣的跑車，你要用其中一輛和我比賽，當然，如果你贏了，那輛超酷跑車就是你的了。

怎麼樣？

如果你想和我一較高下，

就挑一輛吧！」

「本大爺一定會用實力，

贏得那輛超酷跑車的。」

佐羅力拿起其中一輛

迷你四驅車。

「真是太好了，

那我們趕快去看一下比賽的場地。」

的賽車場！！
噗嚕嚕糖果公司的後方，有一個很大的巨蛋運動場，裡面建造了一座專業級的迷你四驅車賽車場。
駱駝山
•比賽一開始，就有兩座高山擋在前面。
如果馬力不足的話，絕對衝不上去。
魔鬼20連環彎道
•如果車速太快，就會衝出車道。如果開太慢，就會輸掉比賽。
起始點
•把車子放在這裡，是比賽的起點。
起點

這就是迷你四驅車

觀眾席
結冰路
狂風谷
緩衝軟墊擋住衝過終點的車子讓車速過快的車子能停下來。
終點
•通過這條路時，這些大電風扇會吹出很強的風。
最後的直線跑道
這裡的賽車跑道難度很高，有高山、有山谷，還有彎道。你可以仔細觀察，好好研究一下。
對、對，統統送來這裡。
全部呵，一定要全部。
咦？摳噗嚕在幹什麼？

佐羅力三人瞪大了眼睛，
驚訝的看著高難度的
賽車跑道，
噗嚕嚕
告訴他們：
「你挑選的車子
可以隨意改裝，
讓它可以在這個
跑道上跑得更快。

你可以投入所有的金錢和智慧來贏得這場比賽。那麼，就約定明天下午一點比賽正式開始。時間不多了，趕快動手改裝吧，嗚哇哈哈哈哈。」

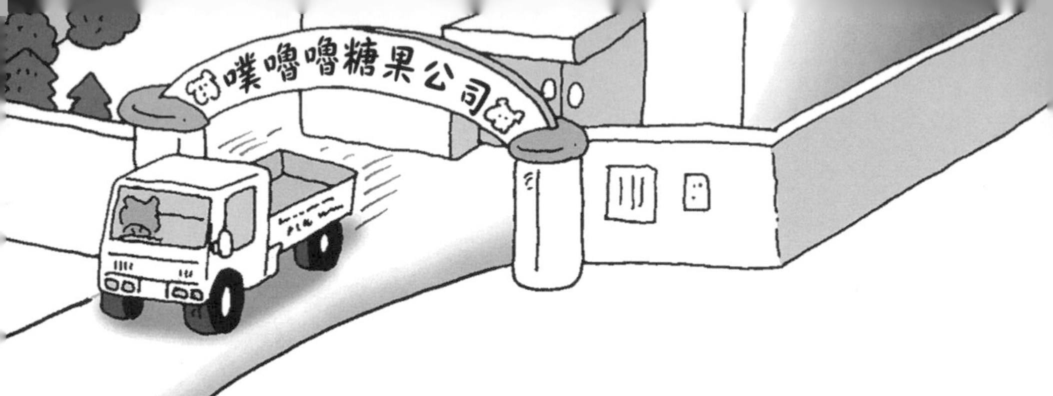

佐羅力三人離開了噗嚕嚕糖果公司，
身後仍然不斷傳來噗嚕嚕的笑聲。

魯豬豬說：
「怎麼辦？我們剛才已經花錢買了冰棒，
現在只剩下四十五圓而已。
連一個輪胎都買不到。」

「如果沒錢改裝，即使能參加比賽，
我們也贏不了。」

就連佐羅力
也忍不住垂頭喪氣。
就在這時，
「佐羅力，
這不是佐羅力嗎？」
一輛從噗嚕嚕糖果公司
開出來的卡車，
車窗內有人探出頭來，
那個人是——

「喔喔，這不是巴魯嗎？你看起來混得不錯嘛。」

巴魯和佐羅力是舊識，以前巴魯還在當海盜的時候，佐羅力曾經救過他一命。※

「對了，我想起來了，你好像開了一家玩具車專賣店對不對？」

「對啊。我去年也在這裡開了一家分店，一直很認真的做生意。我剛送完貨準備回店裡去，請你們務必要到我店裡參觀一下。」

有關巴魯的故事，全都在《怪傑佐羅力之海盜尋寶記》裡，記得要去看呵！

這就是所謂的「柳暗花明又一村」，佐羅力三人打算請巴魯幫忙改裝那輛迷你四驅車，他們立刻跳上車。

迷你四驅車零件
但是，巴魯的店裡竟然完全找不到任何迷你四驅車的零件。
喂，喂，難道你家遭小偷，所有的東西都被偷光光了嗎？
空空如也！

不是啦。是我剛才接到電話，有人要買下我所有的迷你四驅車零件，我才剛剛送完貨回來啊！
你說什麼！

佐羅力一五一十的把要參加迷你四驅車比賽的事全部告訴巴魯。
想要 想要 想要 想要
那可真是傷腦筋啊。全城只有我這一家玩具店。

而且新的零件，最快要五天之後才會送來。
可是我明天就要比賽了。這樣根本來不及啊！
剛遇到巴魯時，看到的一線希望，現在全都變成了泡影。

無可奈何的情況下，佐羅力只能把自己身上和巴魯的店裡所有能夠找到的各種東西都蒐集起來，放在面前。

然後，抱著雙臂，用力動腦筋思考起來。但是，這些破爛東西根本不可能改裝出一輛像樣的車子。

如果是你的話，會用這些材料改裝成什麼樣的車子呢？

小扇子

•巴魯的店開張時，
發給客人的紀念扇。

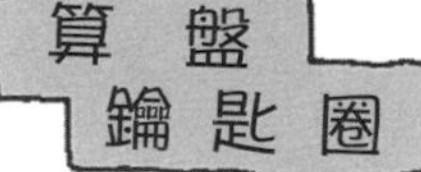

•用來掛車鑰匙
的鑰匙圈。
因為款式很老舊，
還剩下兩個賣不出去。

巴魯的店吉祥物巴魯寶寶

•有很強的吸盤
可以緊緊吸在
汽車的
擋風玻璃上。

傘

用香菸空盒
做成的
小紙傘。

迷你溜溜球

•很小、很輕巧
（專給
小動物
使用）

吸管

•前端彎曲
的吸管，
一共兩根。

章魚腳

•魯豬豬在巴魯的店裡
從冰箱找到的。
他一定打算萬一在比賽中
臨時肚子餓，
就可以拿出來吃。

身體變小藥

在《怪傑佐羅力之
大戰佐羅力城》
故事中
拿到的藥，
還剩下八顆。

魚板

•魚板肯定會被伊豬豬
和魯豬豬吃掉，
到時候一定只會
剩下下面的木板

但是，佐羅力並不打算放棄比賽。

他決定盡力而為，

因為，這樣總比什麼都不做更有機會贏。

巴魯對玩具車很內行，

佐羅力很仔細的聽取他的意見，

接著開始動手改裝迷你四驅車。

就這樣，巴魯的店整夜燈火通明，一直持續到天亮。

季五輪匹克運動會的
官方贊助廠商！！
到了第二天，迷你四驅車的比賽終於開始了。好多家電視台都派了攝影記者趕到比賽會場，現場一片熱鬧。
起點
怎麼樣？摳噗嚕，你看這場迷你四驅車大賽是不是很受歡迎？這麼多人關注，看來我們這一次爭取成為冬季五輪匹克運動會官方贊助廠商的事，絕對沒有問題的。哇哈哈哈哈哈。

不一會兒，
廣播裡傳來司儀的聲音：
「比賽即將開始，
請各隊將車子
放在起點。」
噗嚕嚕糖果公
爭取成
追求和平、持續
生產美味糖果的
噗嚕嚕糖果公司
報告老闆，
這樣就可以
把噗嚕嚕冰棒
賣到全世界，
大賺特賺了。

佐羅力把車子放在起點位置，觀眾們看到他的車，忍不住竊竊私語、議論紛紛。

「那是什麼東西啊？」

「好醜呵～」

「這種車子怎麼跟人家比嘛！」

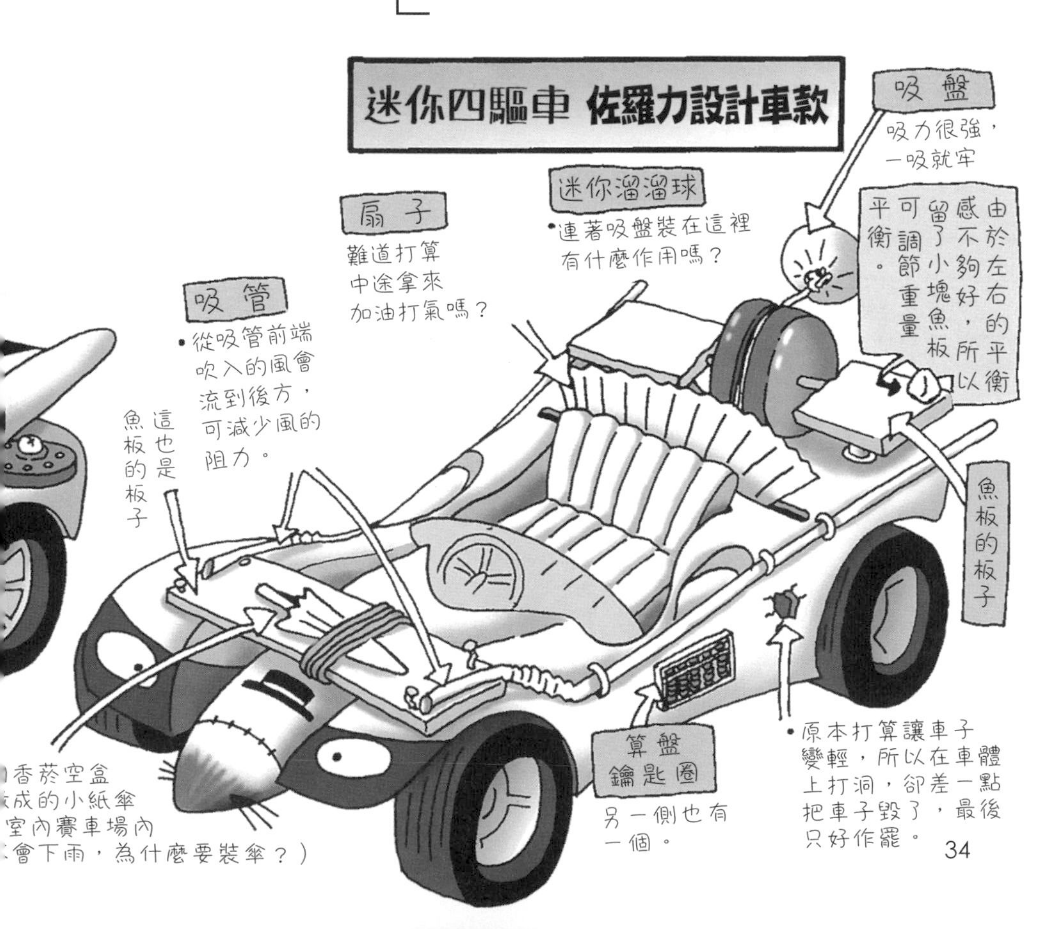

很多觀眾收拾東西想要回家不看了。

「這場重要的比賽關係到我們公司的命運，現在竟然無法吸引觀眾，看起來情況真是不妙。」

噗嚕嚕氣得手裡不斷冒出冷汗。

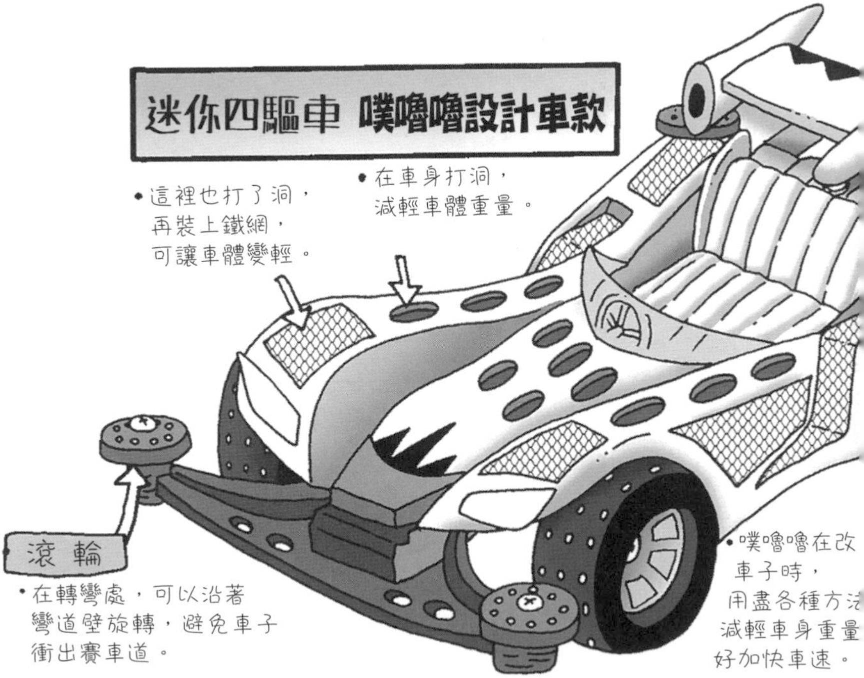

迷你四驅車　噗嚕嚕設計車款

•這裡也打了洞，再裝上鐵網，可讓車體變輕。

•在車身打洞，減輕車體重量。

滾輪

•在轉彎處，可以沿著彎道壁旋轉，避免車子衝出賽車道。

•噗嚕嚕在改車子時，用盡各種方法減輕車身重量，好加快車速。

佐羅力衝出來對大家說：
各位請稍安勿躁，
聽我說。
本大爺也不認為
像這樣的車子
能夠贏得比賽。

所以，我有一個建議。
這是可以讓身體變小的藥。
這裡還剩下
八顆。
SMALL
身體變小藥
注意：
☆這是在《怪傑佐羅力之大戰佐羅力城》中拿到的藥，吃兩顆可以讓身體變小一個小時。沒有看那本書的人請記住這件事。

由兩個車隊分別派出兩人代表吃下這種藥，讓身體變小，然後駕駛迷你四驅車比賽，大家覺得怎麼樣？

本大爺對自己的開車技術超有自信。即使是這種破車子，也一定可以贏得比賽，大家等著瞧吧。
觀眾聽了佐羅力的提議之後——

全都發出了驚叫聲。
這可說是在迷你四驅車
史上第一次有賽車手
坐進車內駕駛的比賽。
「太棒了！」
「加油！」
比賽現場再度陷入一片瘋狂，
看到眼前的情景，
噗嚕嚕已經無路可退了。

佐羅力隊參賽的成員是
佐羅力和伊豬豬。
噗嚕嚕隊的參賽成員是
噗嚕嚕和摳噗嚕。
每個人都分別
拿了兩顆
身體變小藥
放進了嘴裡……

他們的身體變小後——

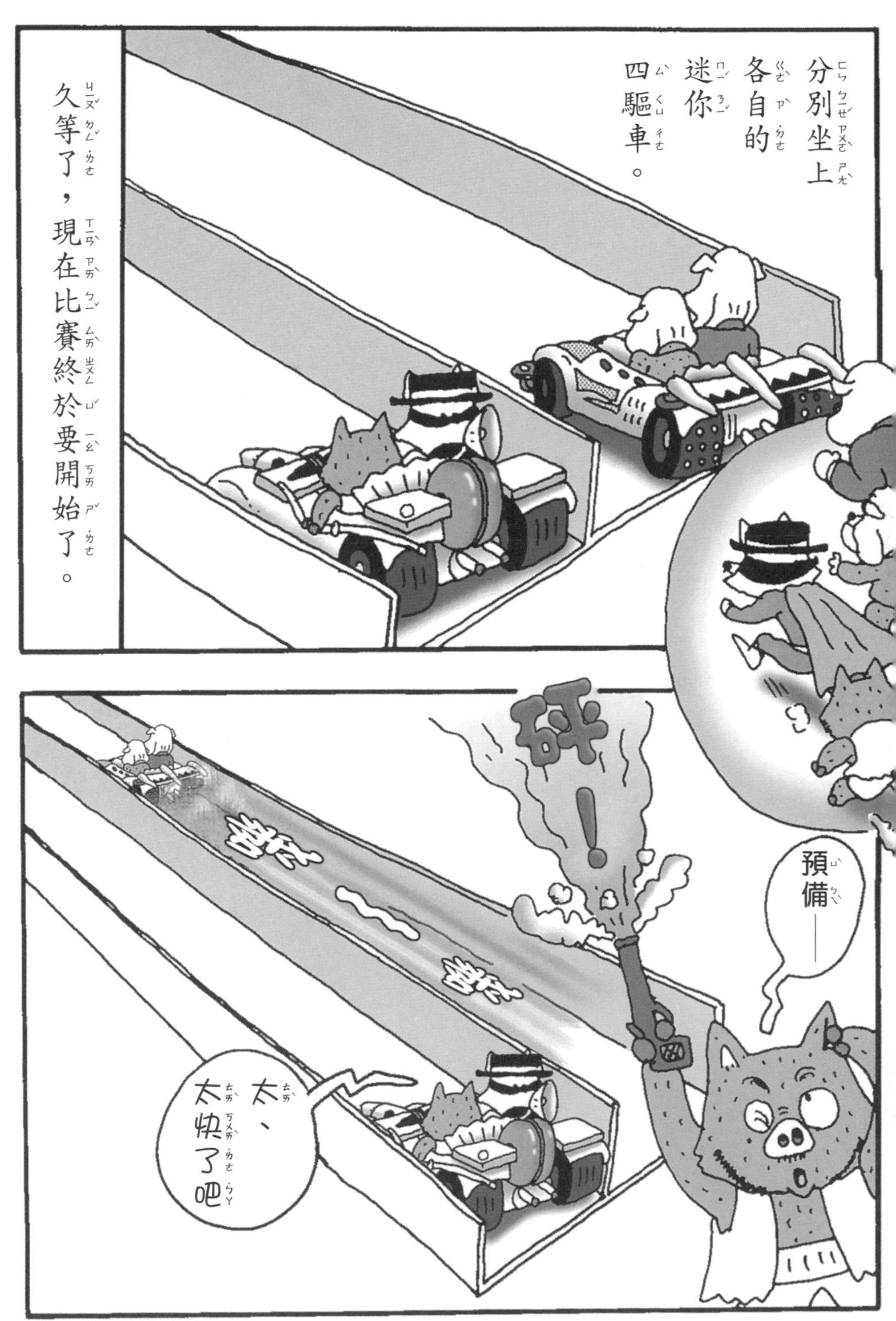
分別坐上各自的迷你四驅車。
久等了，現在比賽終於要開始了。
預備——
砰！
太、太快了吧

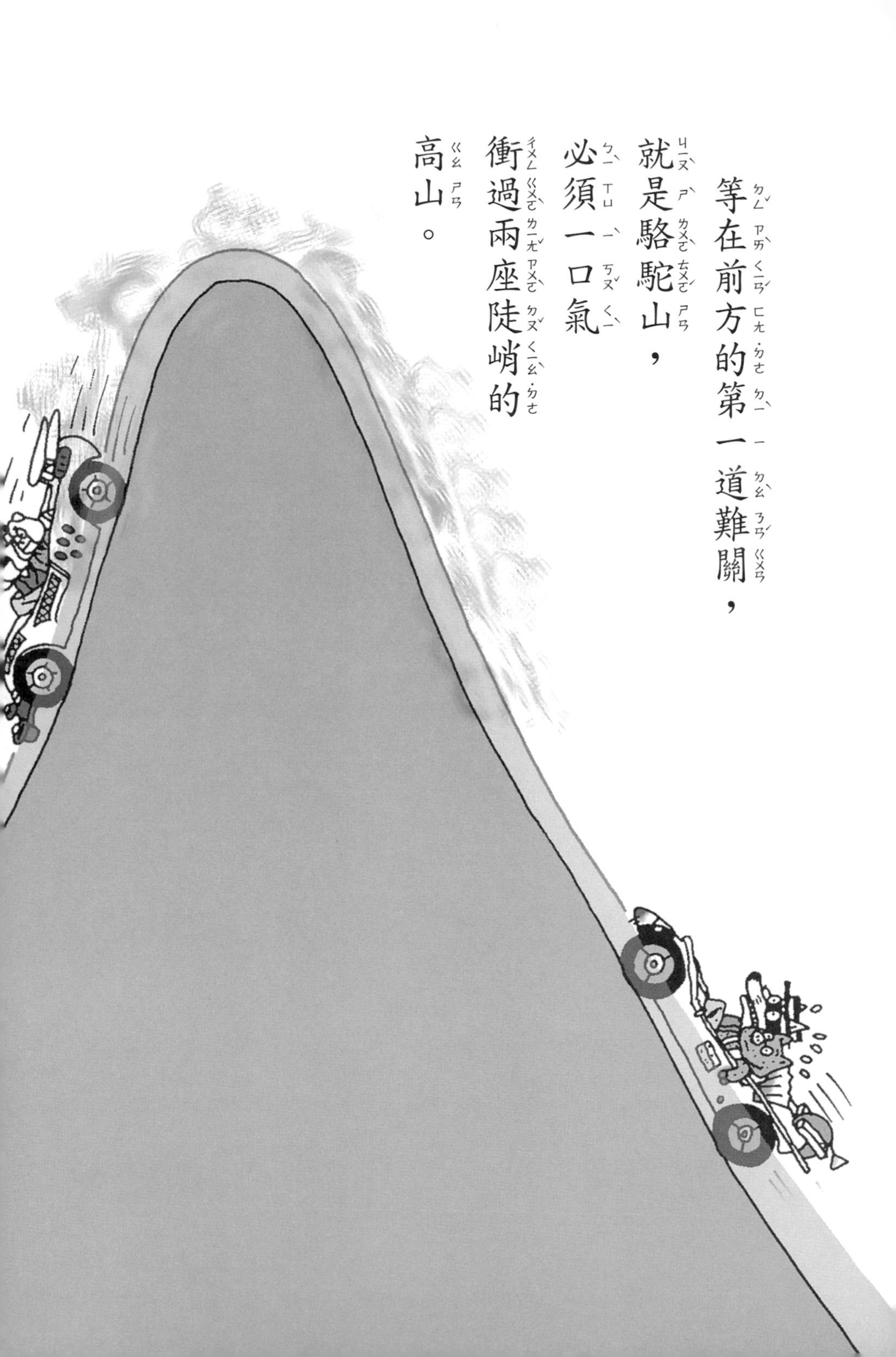

等在前方的第一道難關，就是駱駝山，必須一口氣衝過兩座陡峭的高山。

當佐羅力的車子好不容易來到山下，噗嚕嚕的車子已經飛快越過了一座山的山頂。

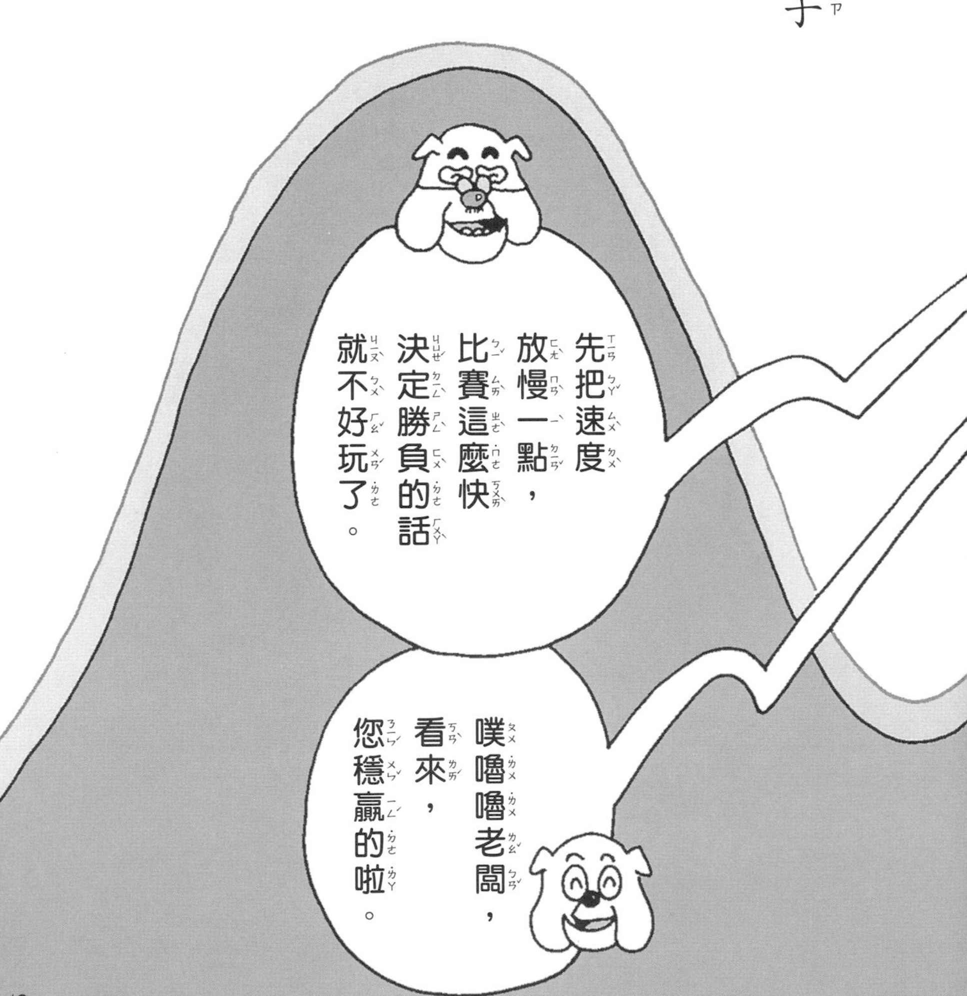

先把速度放慢一點，比賽這麼快決定勝負的話就不好玩了。
噗嚕嚕老闆，看來，您穩贏的啦。

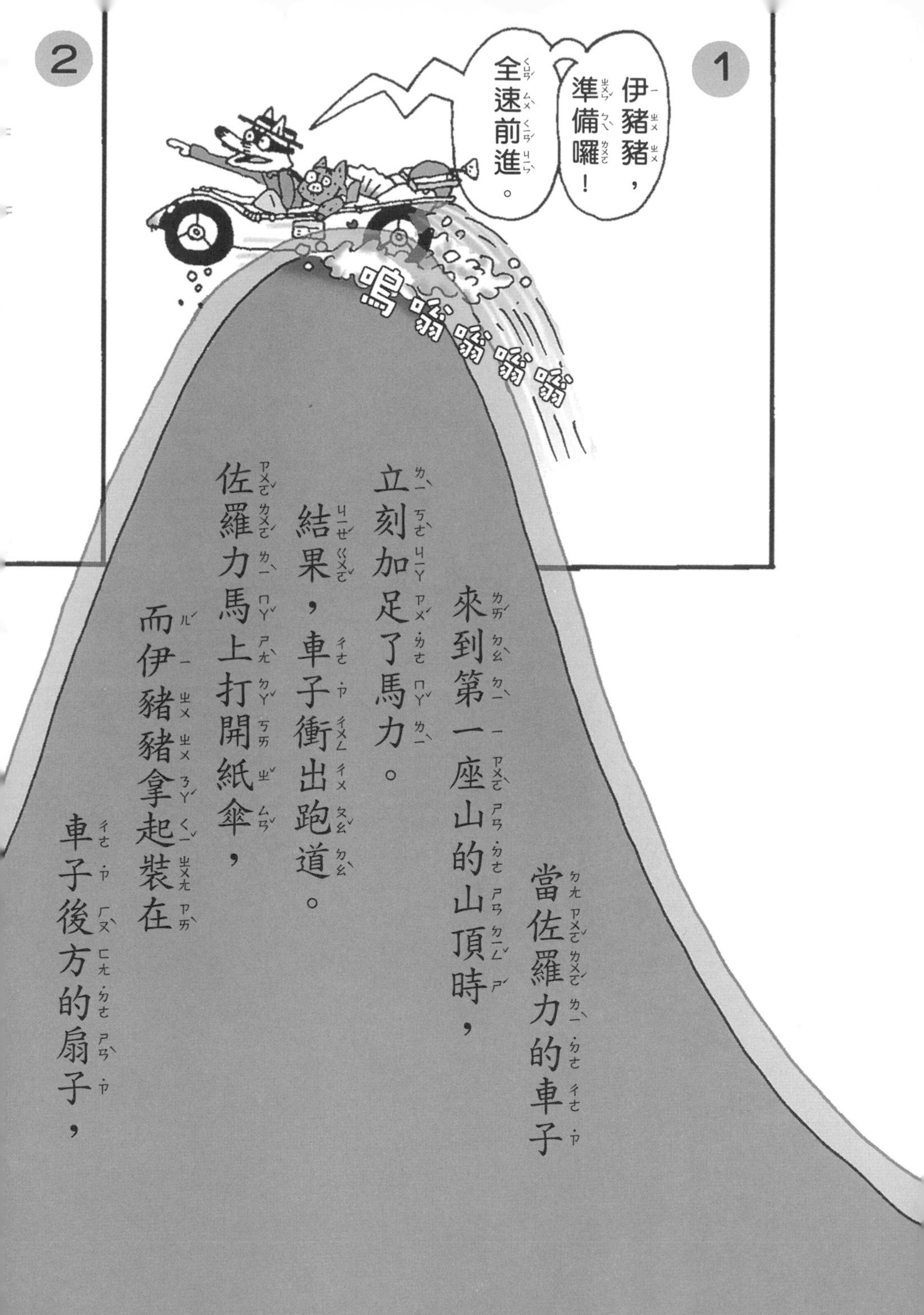

當佐羅力的車子來到第一座山的山頂時，立刻加足了馬力。

結果，車子衝出跑道。

佐羅力馬上打開紙傘，而伊豬豬拿起裝在車子後方的扇子，

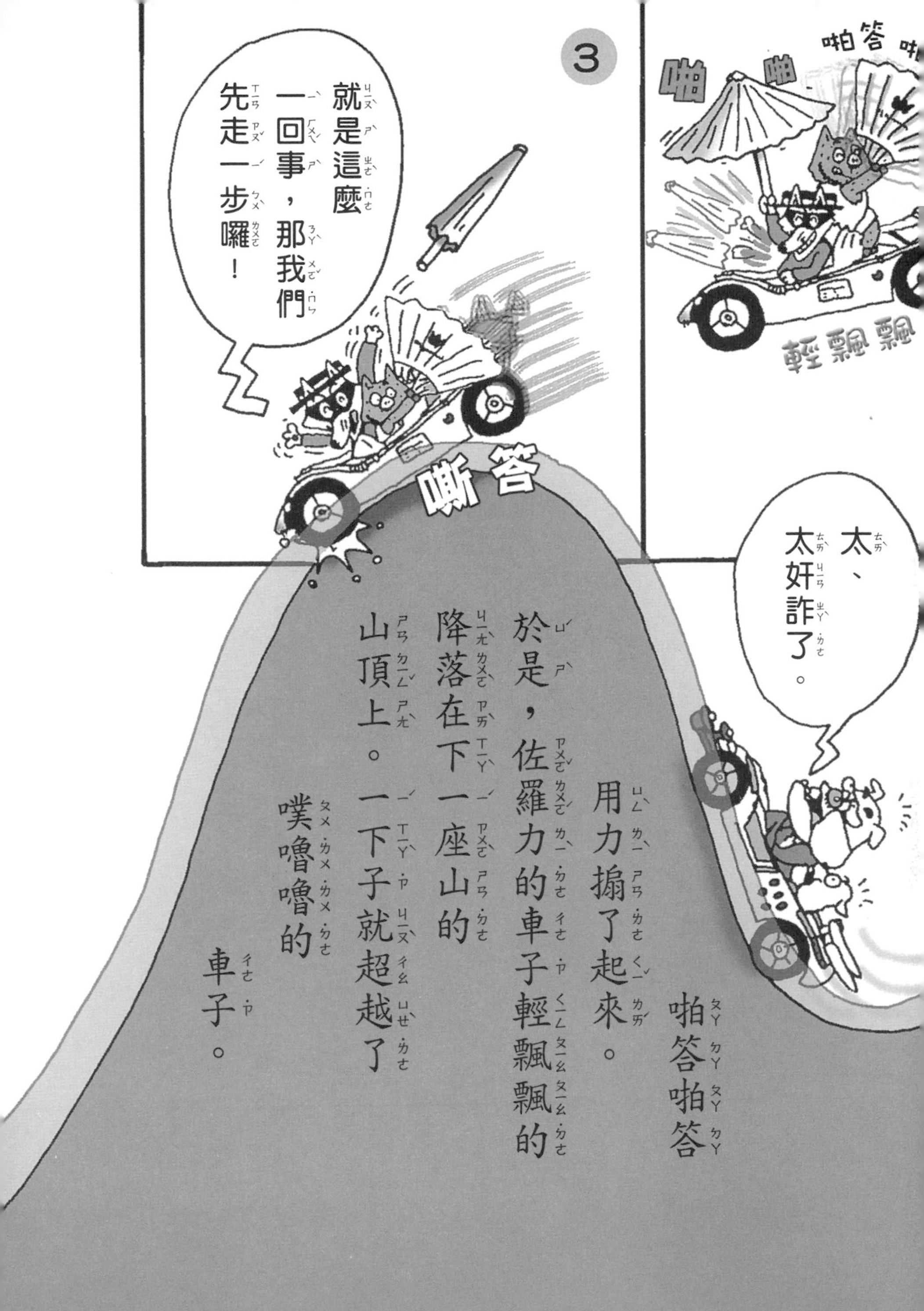

啪答啪答
用力搧了起來。
於是，佐羅力的車子輕飄飄的
降落在下一座山的
山頂上。一下子就超越了
噗嚕嚕的
車子。

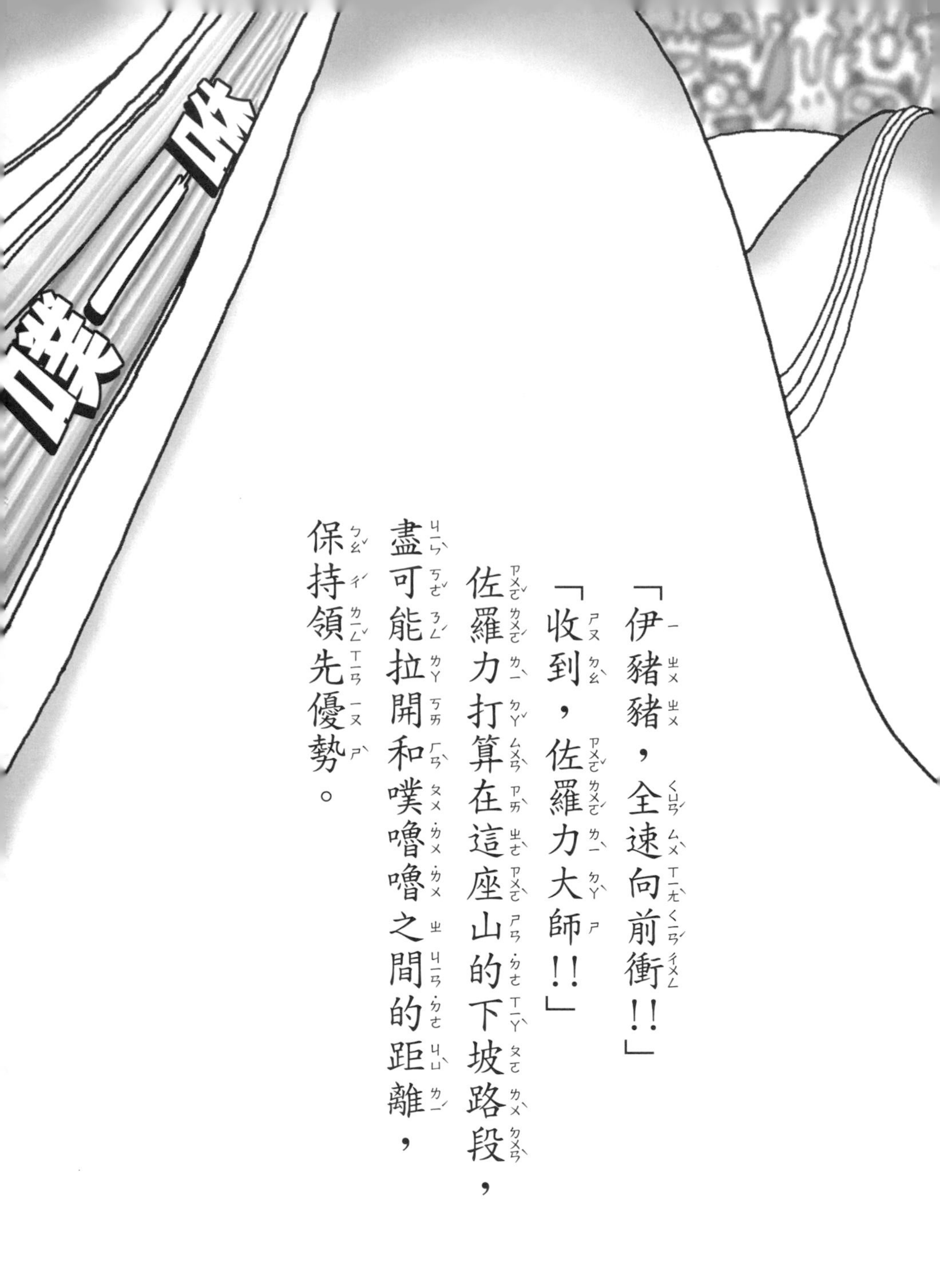

「伊豬豬，全速向前衝!!」

「收到，佐羅力大師!!」

佐羅力打算在這座山的下坡路段，盡可能拉開和噗嚕嚕之間的距離，保持領先優勢。

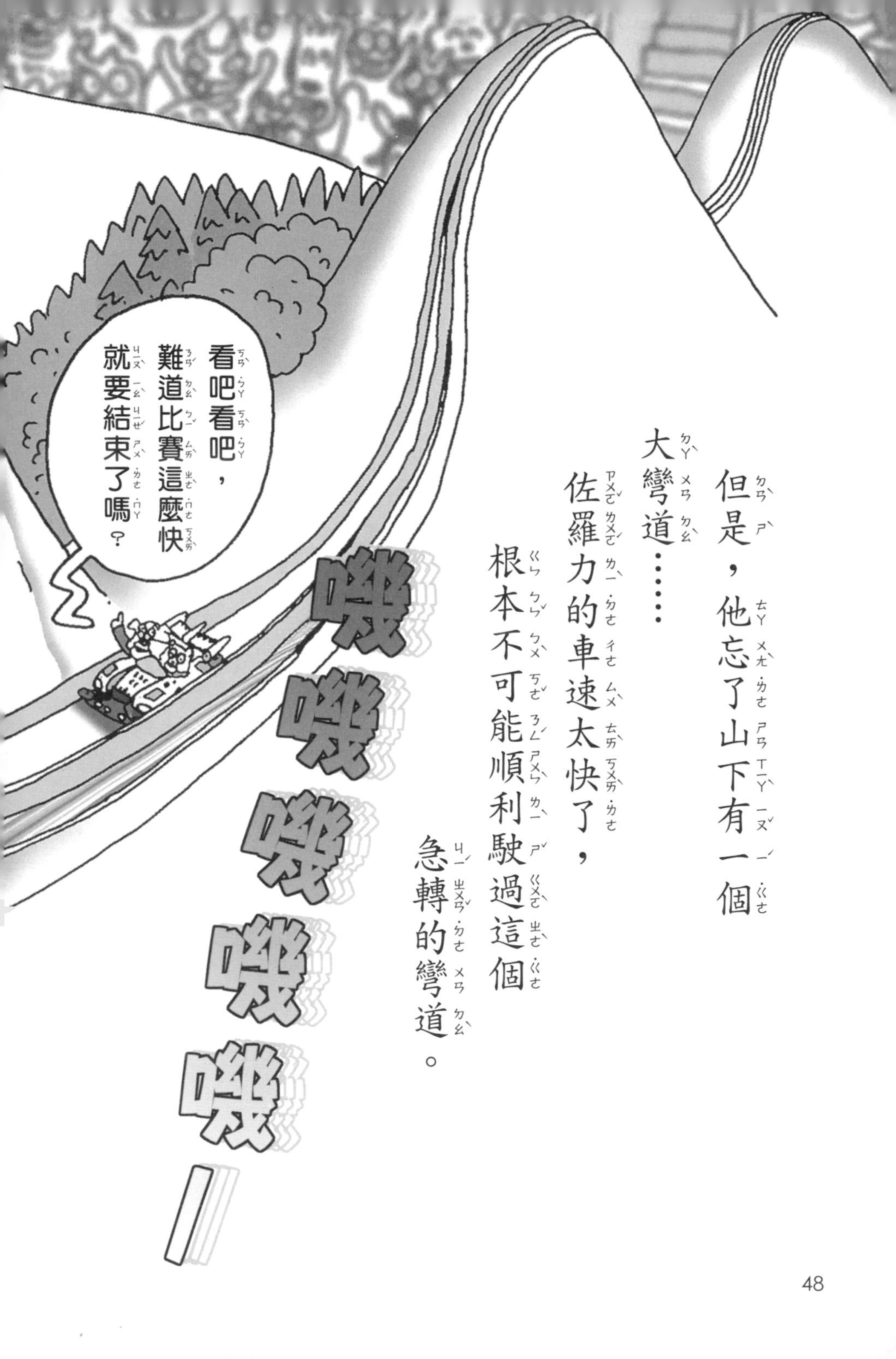

但是，他忘了山下有一個
大彎道……
佐羅力的車速太快了，
根本不可能順利駛過這個
急轉的彎道。

車子一下子衝破了跑道外牆，接著以驚人的速度衝出了跑道。

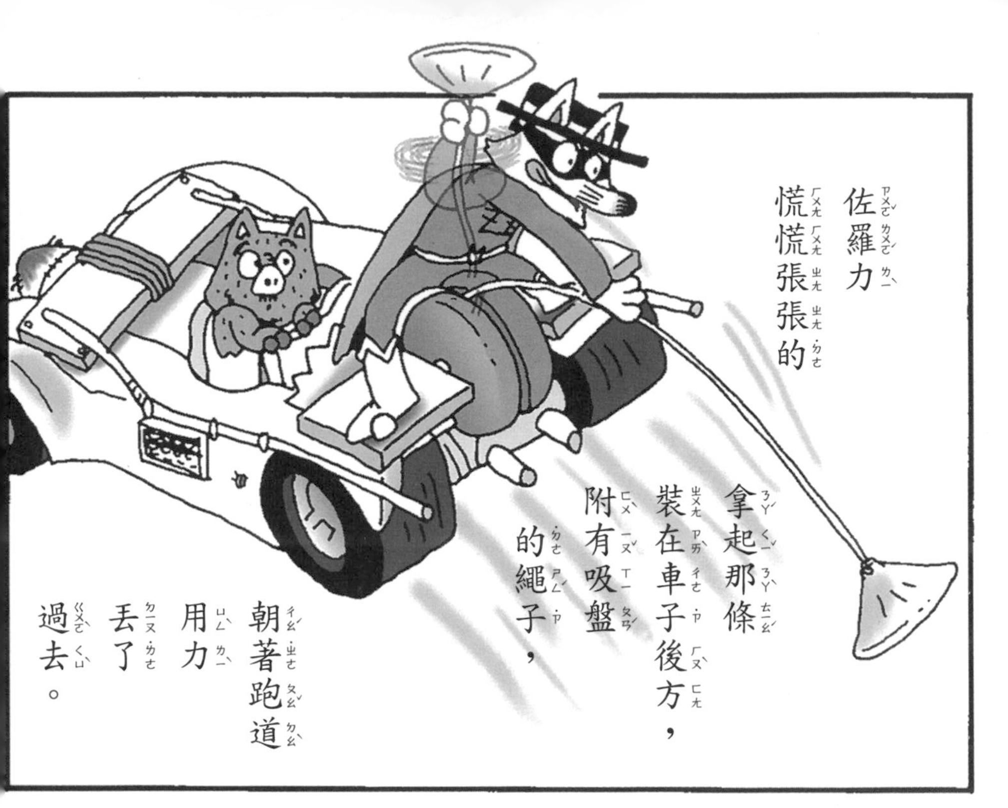

佐羅力慌慌張張的拿起那條裝在車子後方，附有吸盤的繩子，朝著跑道用力丟了過去。

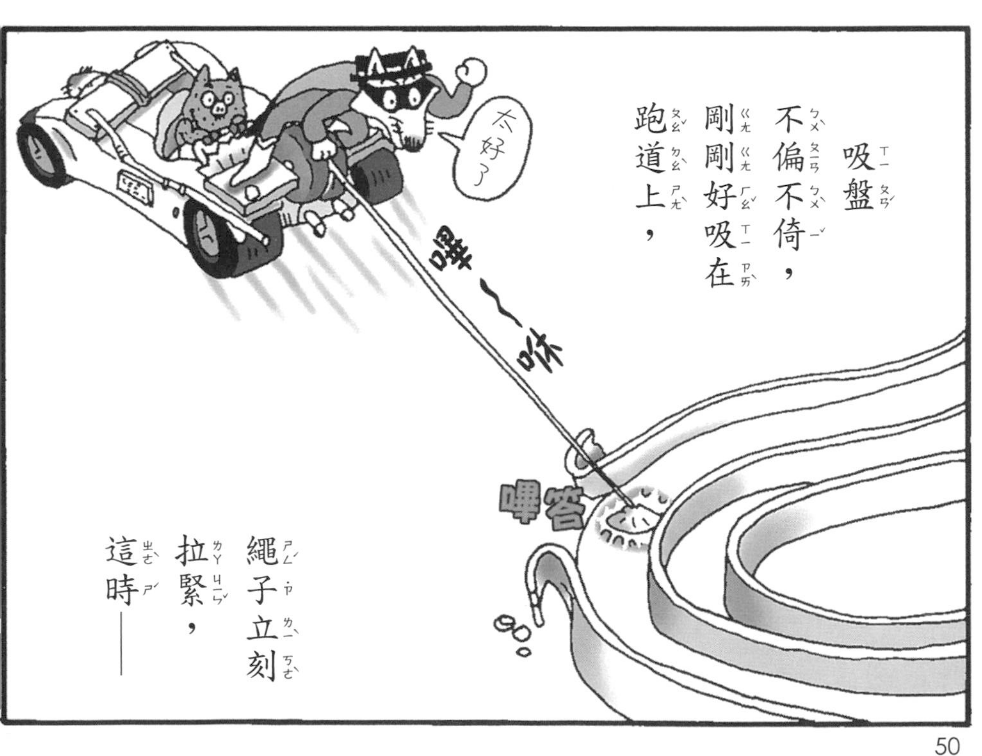

吸盤不偏不倚，剛剛好吸在跑道上，
太好了
嗶～咻
嗶答
繩子立刻拉緊，這時——

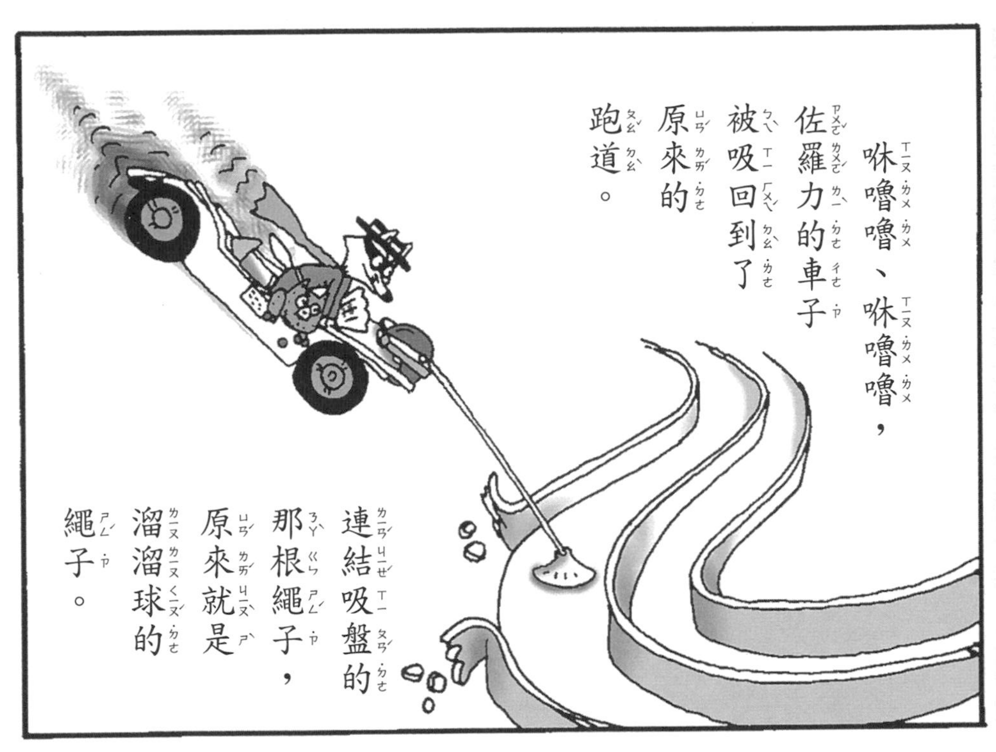
咻嚕嚕、咻嚕嚕，佐羅力的車子被吸回到了原來的跑道。
連結吸盤的那根繩子，原來就是溜溜球的繩子。

快把溜溜球拆下來，我們要趕快去追他們。
我們一定會追上他們的，伊豬豬。
完全同意。

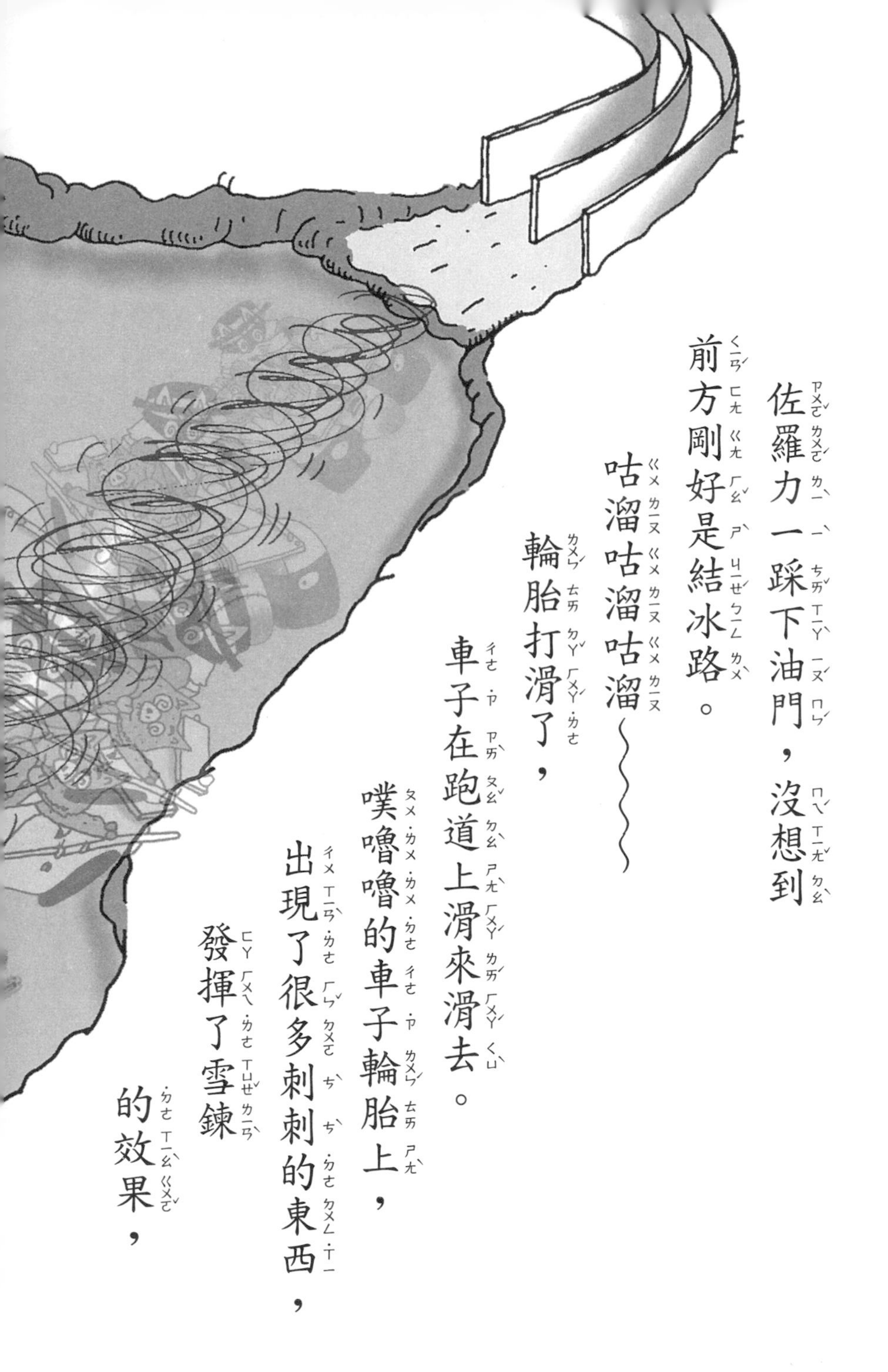

佐羅力一踩下油門，沒想到

前方剛好是結冰路。

咕溜咕溜咕溜咕溜～～～

輪胎打滑了，

車子在跑道上滑來滑去。

噗嚕嚕的車子輪胎上，

出現了很多刺刺的東西，

發揮了雪鍊

的效果，

哇哈哈，我們等在這裡，就是想看你們的笑話。
太好玩了，那我們先走一步囉！
所以，完全不會打滑。
「這樣一直打滑，根本沒辦法好好開車嘛！」
佐羅力抱著頭，望著天空苦思——

他看到了正在賽車場外，啃著章魚腳、悠閒觀看比賽的魯豬豬。

「喂！」

魯豬豬以為佐羅力要罵他，忍不住縮起了脖子。

「魯豬豬，

把你手上的章魚腳
丟兩條過來。」
佐羅力對他說。

「真是的，原來佐羅力
大師的肚子也餓了。」

魯豬豬撕下兩條章魚腳，
朝著佐羅力的方向
噗咻一聲
丟了過去。

佐羅力接過章魚腳，
把其中一條交給了伊豬豬，
對他說：
快、
趕快把章魚腳
繞在車子的
後輪上。
是，遵命。

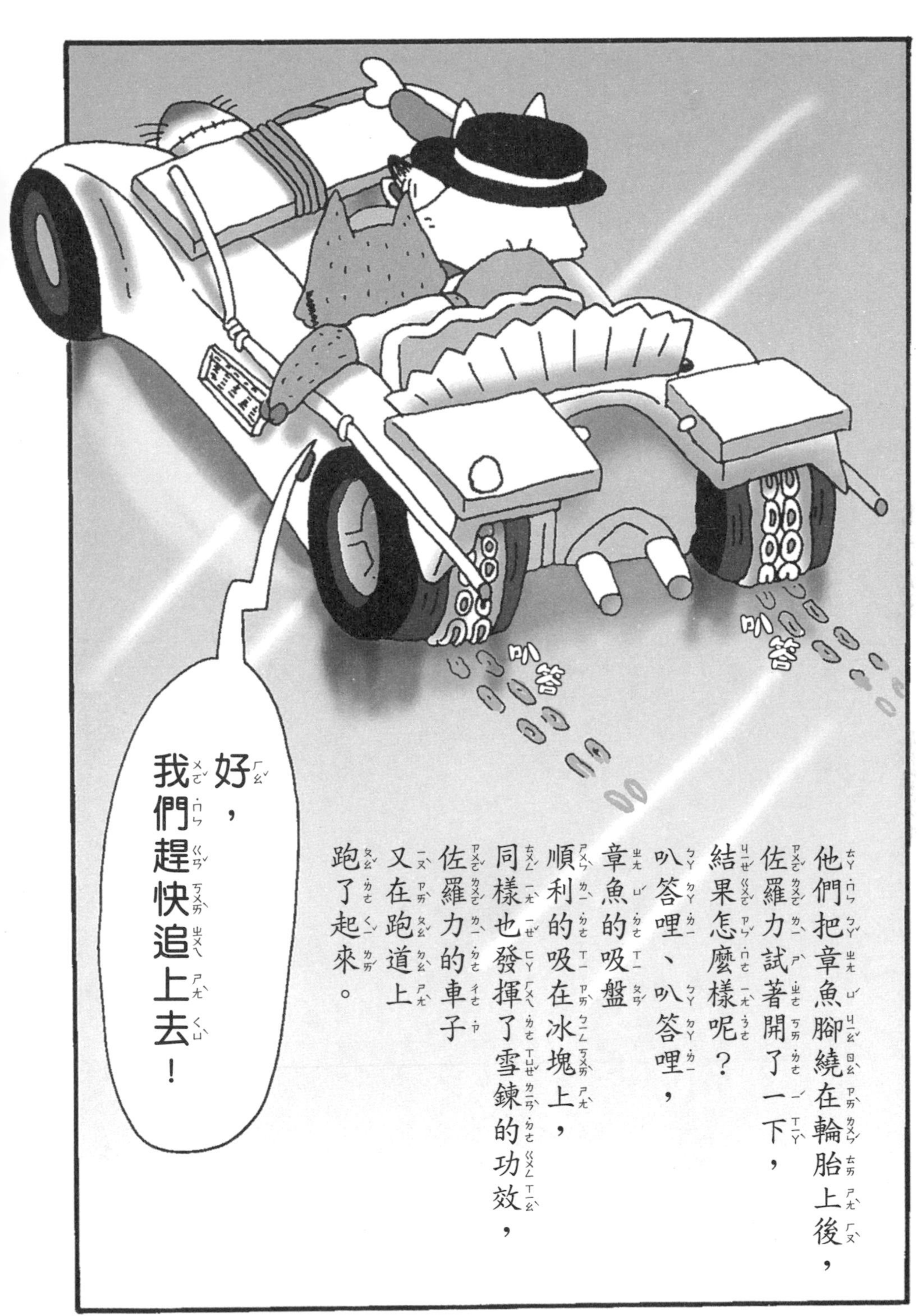
叭答
叭答
他們把章魚腳繞在輪胎上後，
佐羅力試著開了一下，
結果怎麼樣呢？
叭答哩、叭答哩，
章魚的吸盤
順利的吸在冰塊上，
同樣也發揮了雪鍊的功效，
佐羅力的車子
又在跑道上
跑了起來。
好，我們趕快追上去！

就這樣，佐羅力他們費了好一番工夫，終於駛出了結冰路。
伊豬豬，趕快把章魚腳拆下來，我們要去追噗嚕嚕。
這塊章魚腳丟掉的話太可惜了，留下來吃掉。

當他們好不容易穿越過一座小山的山谷時，
終於發現噗嚕嚕的車子。但是——
雖然還看不到噗嚕嚕，但要全力追趕才行。看我的，衝啊——

那裡的風超強、
呼呼的吹，佐羅力的車子
一下子就被吹到懸崖邊。
如果不想想辦法，
再這樣下去，
就會被吹落山谷了。
噗嚕嚕他們早就先從結冰路上
鋸了冰塊裝在車上，

好增加車身的重量，這樣就不會被風吹走了。
我們早就仔細研究過這個賽車跑道，所以能夠預見前面即將遇到的狀況。佐羅力，你要多動動腦筋啊，哇哈哈哈哈。
噗嚕嚕放聲大笑……
剛經過結冰路，先鋸下幾塊大冰塊，放在車子上，增加重量，這樣車子就不會被風吹走了。
輪胎上的刺也能緊緊抓牢地面。
車子上打的許多洞不僅可以減輕重量，也很容易通風。
雖然這樣車速會變慢，但可以輕鬆駛過這段路。

這時，只聽到「噗咻」一聲，
好像有什麼東西超越了他們。
是佐羅力的車子。
「為、為什麼？」
噗嚕嚕張大眼睛，
打量著佐羅力的迷你四驅車，
發現伊豬豬
拿了一把大扇子，
站在車子後面。

伊豬豬用扇子接住風，推著車子往前進。
沒錯。佐羅力運用帆船的原理，充分利用了風力在狂風谷上飛速行駛。
我聽你的話，動了動我的腦筋啦——拜拜啦！
橡皮筋

但是，
過了狂風谷，
風馬上就停了，
變成一點風也沒有——

噗嚕嚕下令
丟掉原本用來增加
車身重量的冰塊，
車子變輕了，
轉眼之間，
就又超越了
佐羅力。

噗嚕嚕老闆，不能再大意了。
別擔心，沒問題的。下一個路段，即便是佐羅力，也會束手無策的。嗚嘻嘻嘻嘻。

終於來到最後的難關，魔鬼二十連環彎道。各位應該在比賽一開始時就已經看到，佐羅力的車子很不擅長走彎道。而且，吸盤溜溜球也已經丟掉了。在這種情況下，只要車速稍微加快，就無法順利通過彎彎曲曲的連續彎道。

「太好了，看來，這場比賽勝負已經決定了。」

摳噗嚕鬆了一口氣，信心滿滿的回頭一看，卻——

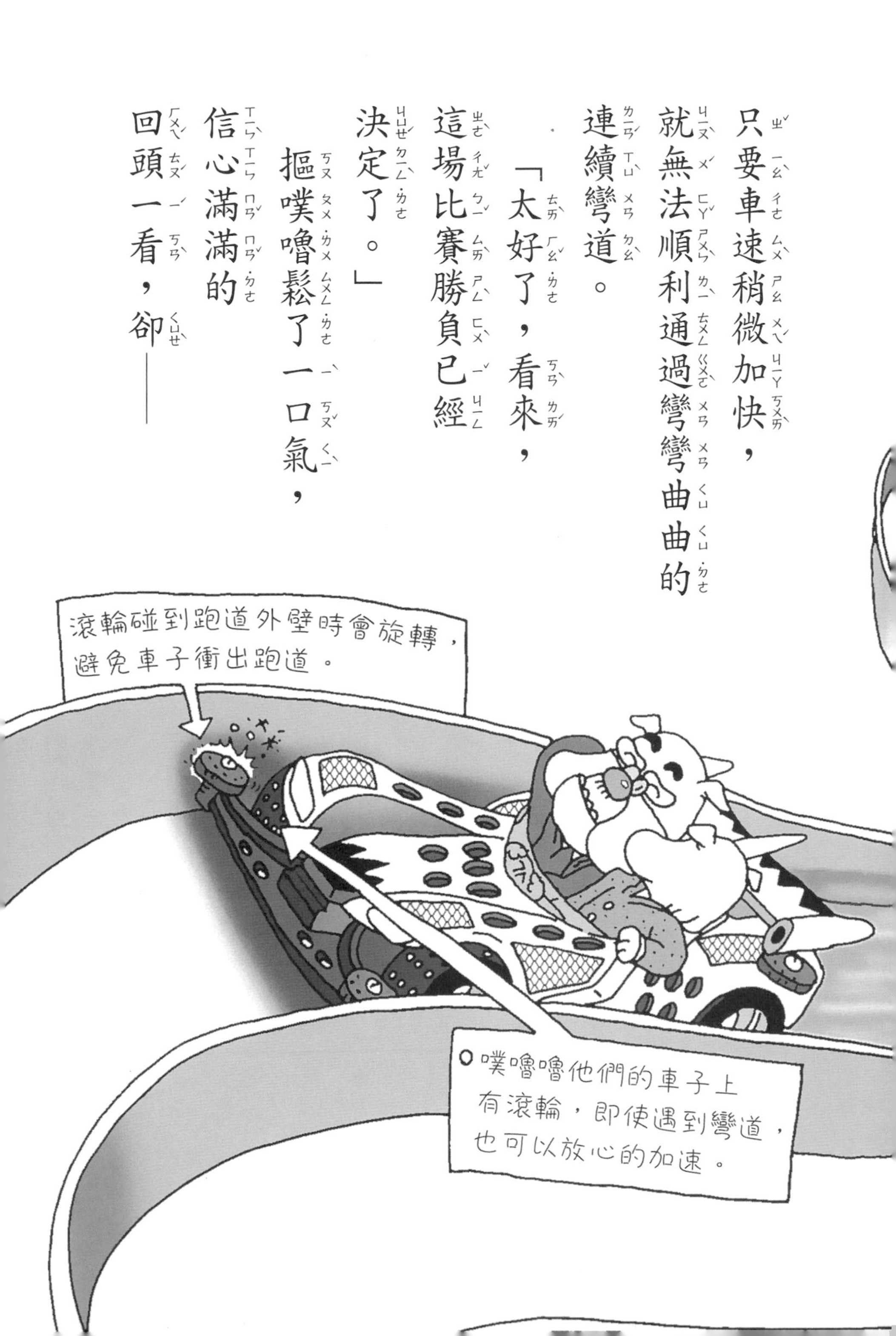

滾輪碰到跑道外壁時會旋轉，避免車子衝出跑道。
噗嚕嚕他們的車子上有滾輪，即使遇到彎道，也可以放心的加速。

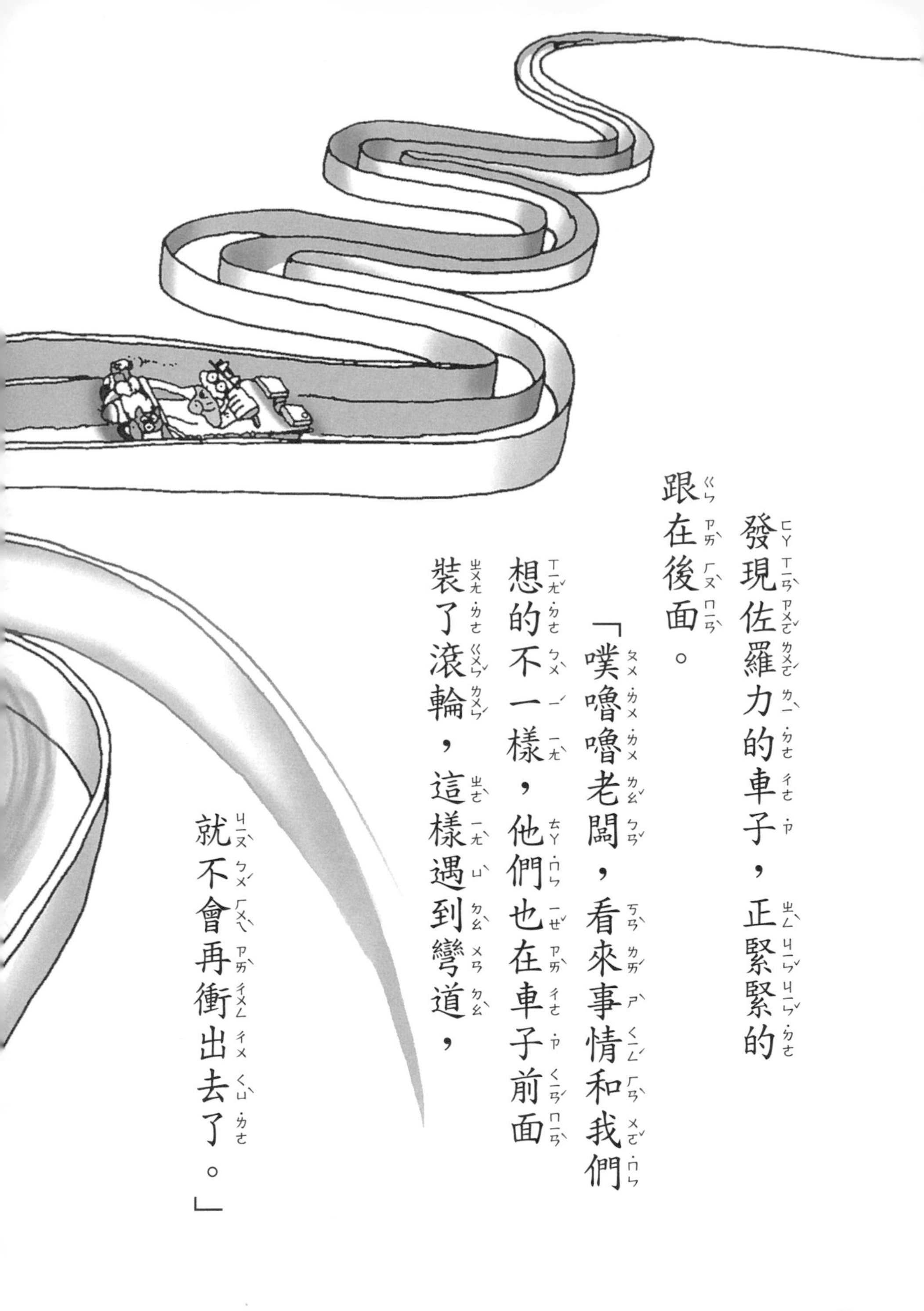

發現佐羅力的車子，正緊緊的跟在後面。

「噗嚕嚕老闆，看來事情和我們想的不一樣，他們也在車子前面裝了滾輪，這樣遇到彎道，就不會再衝出去了。」

「怎麼可能？
他們什麼時候
找到這些零件的？」
等到佐羅力的車子
追上來的時候，
噗嚕嚕終於知道
是怎麼一回事了。

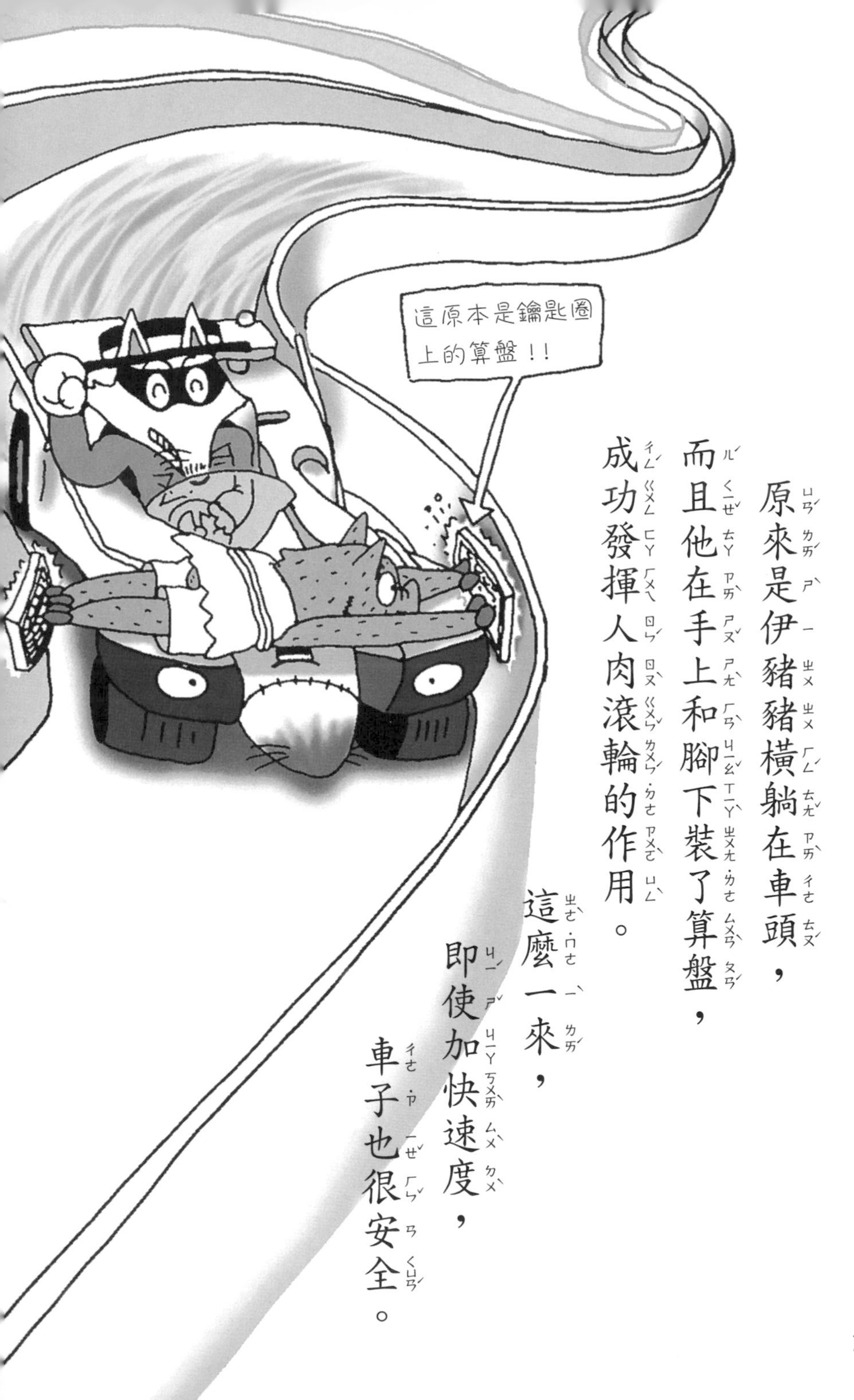

原來是伊豬豬橫躺在車頭，而且他在手上和腳下裝了算盤，成功發揮人肉滾輪的作用。

這麼一來，即使加快速度，車子也很安全。

佐羅力握緊方向盤，操控靈活、時左時右，順利經過了好幾個彎道，漸漸逼近噗嚕嚕的車子。
老闆，情況不太妙呵！
彎道很快就結束了。只要撐過這一段，我們就贏了。

因為，最後的直線跑道
特別狹窄，只能讓一輛
車子經過。

這麼一來，
後面的車子根本
沒辦法超越前面的車子，
比賽等於已經
決定了勝負。

噗嚕嚕和摳噗嚕

一臉勝券在握的表情，他們向賽車場的觀眾揮手致意。

佐羅力已經這麼努力、一直堅持，終於撐到最後這一關，難道他們之前的努力都將白白浪費，全部化為泡影了嗎？

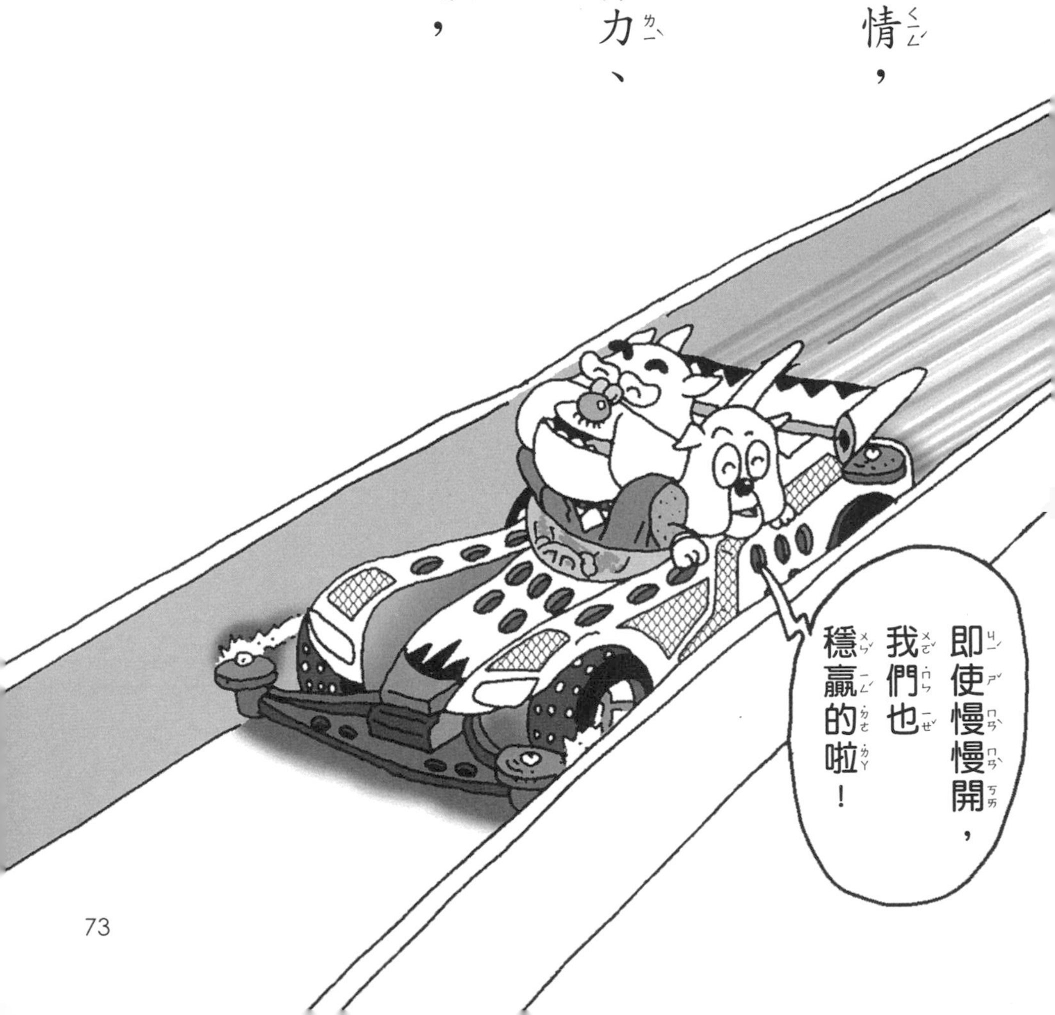

當然不會。
只見佐羅力
不慌不忙的，拆下
一根裝在車子上
的吸管。

然後，
把彎曲的那一端
伸向噗嚕嚕的車子下方。

伊豬豬，
趕快用力吸氣，
然後一口氣
把氣吹進
吸管裡。

伊豬豬乖乖聽從佐羅力的指示，
用力吸了好一大口氣，
幾乎快把肚子都撐破了，
然後，他對著吸管
用力一吹。

結果呢？

為了讓車速更快，
噗嚕嚕大量
減輕了

車身的重量，結果被伊豬豬這麼一吹，竟然整台車被吹了起來。

佐羅力趁機加足馬力，以驚人的速度從噗嚕嚕的車子下方超車。

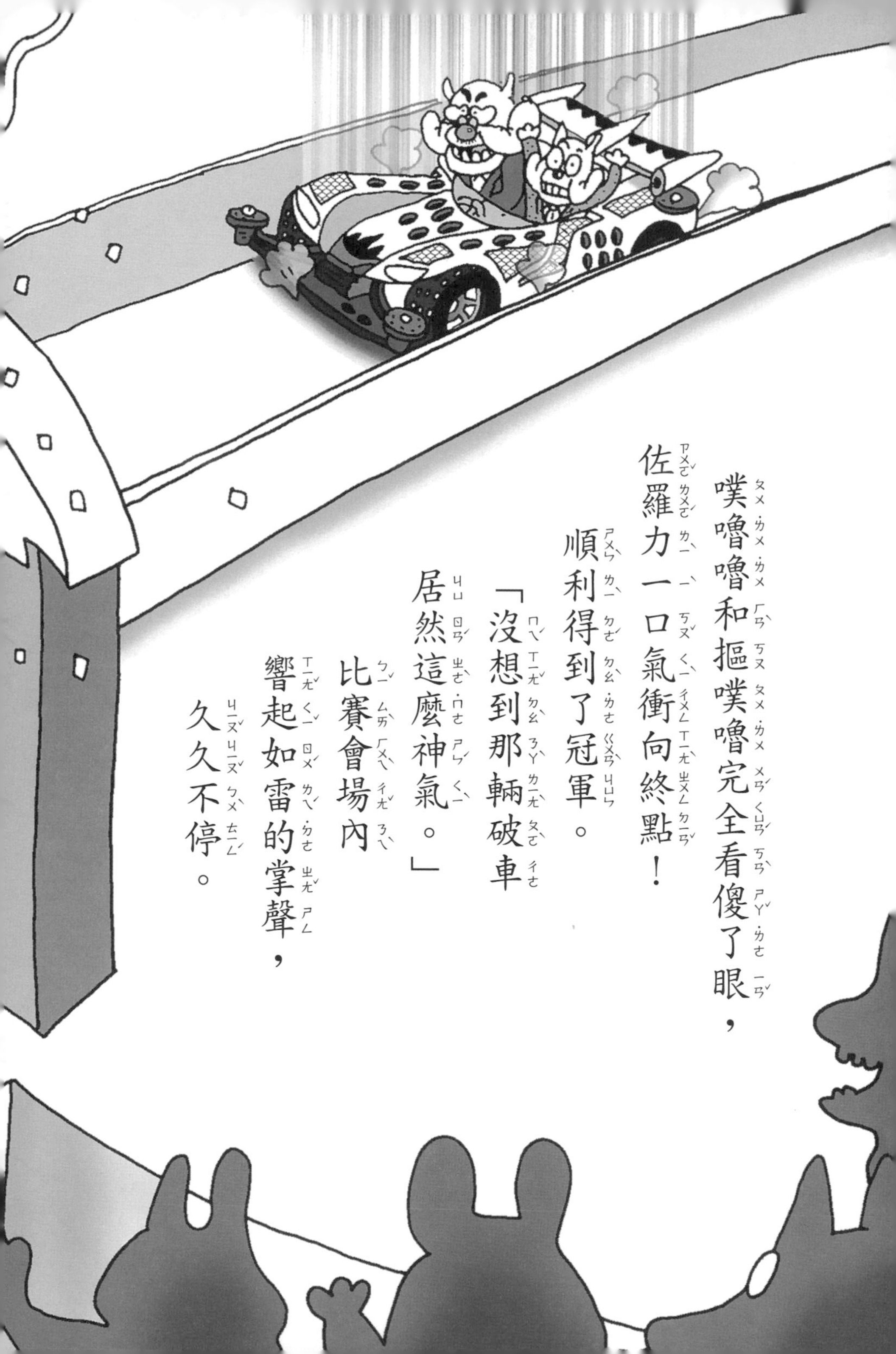

噗嚕嚕和摳噗嚕完全看傻了眼，
佐羅力一口氣衝向終點！
順利得到了冠軍。
「沒想到那輛破車
居然這麼神氣。」
比賽會場內
響起如雷的掌聲，
久久不停。

終點
太好了，超酷跑車是我們的了。
還有一整年份的冰淇淋。

噗嚕嚕雖然輸了，但是他看到會場觀眾陷入瘋狂的樣子，心情反而特別好。

「啊呀，我輸了，佐羅力先生，我太低估你了。這場比賽這麼精采，我們噗嚕嚕糖果公司今年要爭取成為冬季五輪匹克運動會的官方贊助廠商這件事，絕對是十拿九穩了。我要為此由衷的向你表達誠摯的感謝。」

「不必浪費時間感謝我了，趕快把優勝獎品超酷跑車送給我就好。」佐羅力回答。

當身體變小藥的藥效解除，佐羅力他們的身體恢復成原來的樣子，這時頒獎大會也已經準備就緒。

佐羅力和伊豬豬站上頒獎臺，高舉香檳歡呼，慶賀彼此在今天比賽中的精采表現。

「現在開始舉行頒獎儀式。首先，向冠軍致贈特別獎，一年份的冰淇淋。」

聽到廣播傳來

司儀大聲宣布頒獎，伊豬豬興高采烈的走上前，張開雙手，準備領取獎品。

沒想到，他只領到三盒冰淇淋，
除了冰淇淋之外，
還送給他一根牙籤。

「呃，請問，之前不是說好，
特別獎的獎品是一年份嗎？
你們是不是搞錯了？」
伊豬豬開口問。

但是，摳噗嚕
回答說：

不，按照本公司的計算，
以舔一次牙籤的份量作為一天的份量，
一盒冰淇淋可以吃四個月。
所以，三盒冰淇淋就是十二個月的份量，
一整年都可以享受美味冰淇淋。

「你、你說什麼？小氣鬼！」

伊豬豬生氣的破口大罵，佐羅力安慰他說：

「算了，冰淇淋是小事情，

更重要的是，

我們可以得到那輛超酷跑車。」

佐羅力從噗嚕嚕手上接過車鑰匙，立刻跑向放在頒獎台上方的超酷跑車，他伸出鑰匙，準備塞進車門上的鑰匙孔。

這時，噗嚕嚕對他說：

「佐羅力先生，這輛車子要從後面上車。」

「咦？」佐羅力仔細一看，才發現車門上的確找不到鑰匙孔。

他連忙繞到車子的後方一看……

發現那根本只是一輛三輪車，只不過，三輪車的周圍都用印了跑車照片的板子圍了起來。

「這是什麼東西啊？噗嚕嚕，你這個大騙子！」

佐羅力的臉漲得通紅，忍不住破口大罵，但是，噗嚕嚕卻不慌不忙的說：

我怎麼騙你了？我只不過在這輛車子旁邊貼了海報而已。是你們自己誤會了，如果你不想要，就把車子留下，趕快離開吧！

「要啊，要啊，
怎麼可能不要？
我費了那麼大
的力氣
好不容易
得到的獎品。
不管怎麼樣，
就算天塌下來，
我也要把獎品帶回去，哼！」

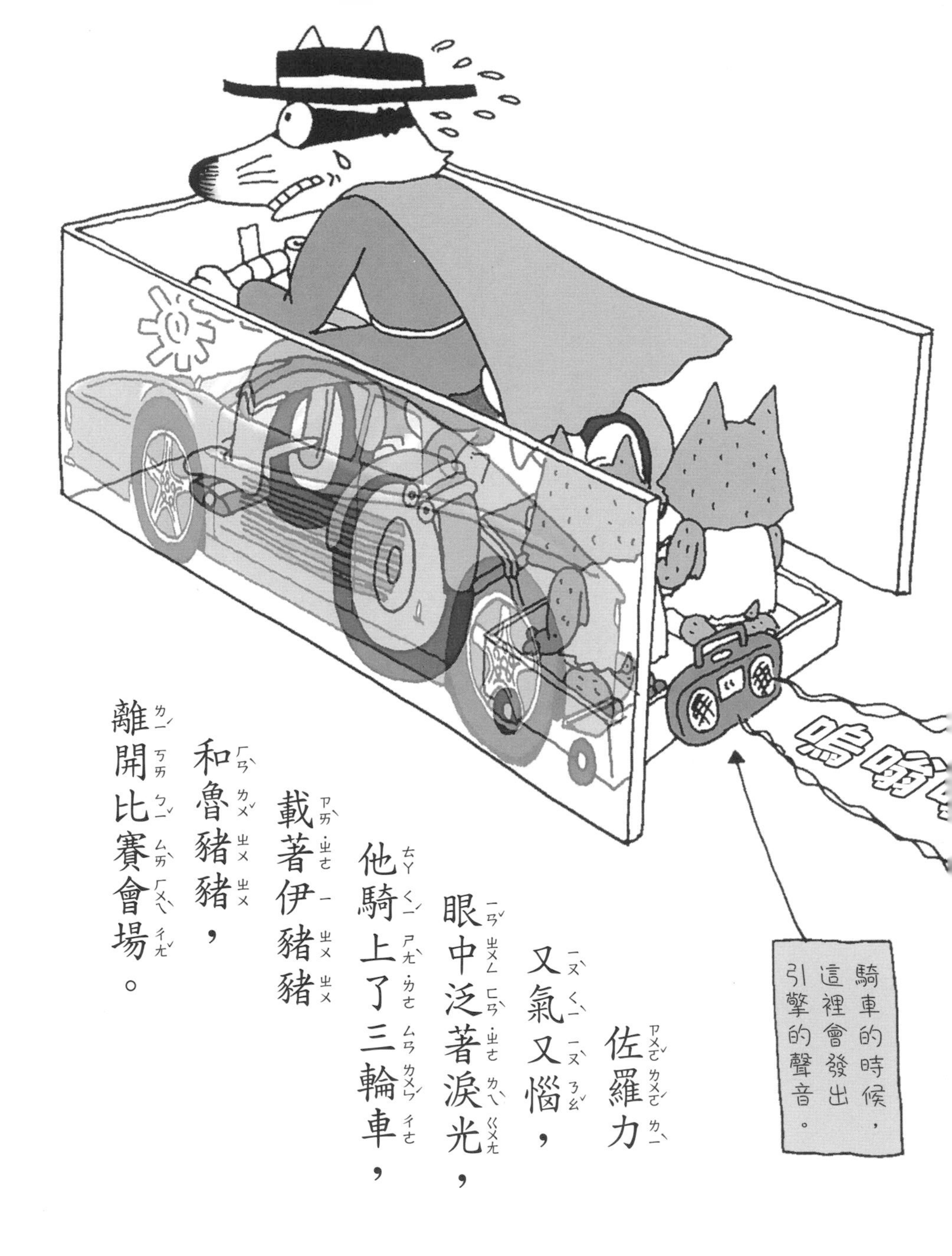

騎車的時候，這裡會發出引擎的聲音。
嗚嗡

佐羅力
又氣又惱，
眼中泛著淚光，
他騎上了三輪車，
載著伊豬豬
和魯豬豬，
離開比賽會場。

比賽順利結束，噗嚕嚕和摳噗嚕兩個人，在空無一人的會場內，用果汁乾杯。
老闆，我們沒有花一毛錢，就成功的舉辦了這場賽車比賽。我剛才接到了通知，我們已經獲准成為冬季五輪匹克運動會的官方贊助廠商。

是嗎？
我的計畫才剛開始呢！我打算向五輪匹克主辦單位提議，告訴他們要用我們公司的冰淇淋，建造一座五輪匹克比賽專用的跳臺。這個建議獲准的話，我們就可以一下子賣出好幾萬噸的冰淇淋啦！
嗚哇哈哈哈哈
噗嚕嚕的笑聲迴響在空蕩蕩的會場內。

這個時候，佐羅力三人坐在三輪車上，因為實在太熱了，就把跑車照片的板子丟掉了，變成了一輛三輪敞篷車，緩緩騎上了小山丘。
唉，與其騎這種破車，搞不好走路還比較輕鬆。喂，我騎到前面那根電線桿之後就要換你騎呵，魯豬豬，聽到了沒有？
那我提議，我們乾脆在那裡吃冰淇淋吧。太熱了，太熱了。

嗯？等一下，本大爺想要的東西又增加了，變成了城堡、新娘，和車子這三樣了。不管是什麼東西，只要增加就覺得賺到了，實在太神奇了。嘻嘻呵呵。
啊呀呀，佐羅力大師，夏天的陽光太烈了，冰淇淋全部都溶化了啦！啊啊，早知道剛才就應該趕快先吃掉。

• 作者簡介

原裕 Yutaka Hara

一九五三年出生於日本熊本縣，一九七四年獲得KFS創作比賽「講談社兒童圖書獎」，主要作品有《小小的森林》、《手套火箭的宇宙探險》、《寶貝木屐》、《小噗出門買東西》、《我也能變得和爸爸一樣嗎？》、【輕飄飄的巧克力島】系列、【膽小的鬼怪】系列、【菠菜人】系列、【怪傑佐羅力】系列、【鬼怪尤太】系列、【魔法的禮物】系列等。

• 譯者簡介

王蘊潔

專職日文譯者，旅日求學期間曾經寄宿日本家庭，深入體會日本文化內涵，從事翻譯工作至今二十餘年。熱愛閱讀，熱愛故事，除了或嚴肅或浪漫、或驚悚或溫馨的小說翻譯，也從翻譯童書的過程中，充分體會童心與幽默樂趣。曾經譯有《白色巨塔》、《博士熱愛的算式》、《哪啊哪啊神去村》等暢銷小說，也譯有【魔女宅急便】系列、【小小火車向前跑】系列、《大家一起來畫畫》、《大家一起做料理》【大家一起玩】系列等童書譯作。

臉書交流專頁：綿羊的譯心譯意。

怪傑佐羅力系列 19

怪傑佐羅力之恐怖的賽車

作者｜原裕
譯者｜王蘊潔
責任編輯｜黃雅妮
特約編輯｜游嘉惠
美術設計｜蕭雅慧

天下雜誌群創辦人｜殷允芃
董事長兼執行長｜何琦瑜
兒童產品事業群
副總經理｜林彥傑
總編輯｜林欣靜
主編｜陳毓書
版權主任｜何晨瑋、黃微真

出版者｜親子天下股份有限公司
地址｜台北市 104 建國北路一段 96 號 4 樓
電話｜（02）2509-2800
傳真｜（02）2509-2462
網址｜www.parenting.com.tw
讀者服務專線｜（02）2662-0332
週一～週五：09：00～17：30
讀者服務傳真｜（02）2662-6048
客服信箱｜parenting@cw.com.tw
法律顧問｜台英國際商務法律事務所・羅明通律師
製版印刷｜中原造像股份有限公司
總經銷｜大和圖書有限公司
電話｜（02）8990-2588

出版日期｜2012 年 5 月第一版第一次印行
2022 年 10 月第一版第十八次印行
定價｜250 元
書號｜BCKCH056P
ISBN｜978-986-241-517-7（精裝）

訂購服務
親子天下 Shopping｜shopping.parenting.com.tw
海外・大量訂購｜parenting@cw.com.tw
書香花園｜台北市建國北路二段 6 巷 11 號
電話｜（02）2506-1635
劃撥帳號｜50331356 親子天下股份有限公司

國家圖書館出版品預行編目資料

怪傑佐羅力之恐怖的賽車
原裕 文、圖；王蘊潔 譯 --
第一版. -- 台北市：天下雜誌, 2012.05
92 面；14.9x21公分. --（怪傑佐羅力系列；19）
譯自：かいけつゾロリのきょうふのカーレース
ISBN 978-986-241-517-7（精裝）
861.59　　101007454

かいけつゾロリのきょうふのカーレース
Kaiketsu ZORORI series vol.21
Kaiketsu ZORORI no Kyoufuno Car Race

四驅車改裝建議

☆在結冰路上開車時，這個點子怎麼樣？

○佐羅力在結冰路上行駛時，
想到用章魚腳的方法固然是好主意，
但不見得每次都可以找到章魚腳，
這種時候，可以把飯粒黏在輪胎上，
保持五毫米的間隔，輪胎就會變黏，
不會打滑了。
（沒有飯粒時，也可以改用鼻屎試試看。）

滑冰輪胎
☆輪胎中間會出現「冰刀」，可以像滑冰一樣滑過去。
注意：
「冰刀」不可以太利，否則冰塊會裂開，車子會沉入水池，千萬要小心。

煞車小幫手 大腳丫

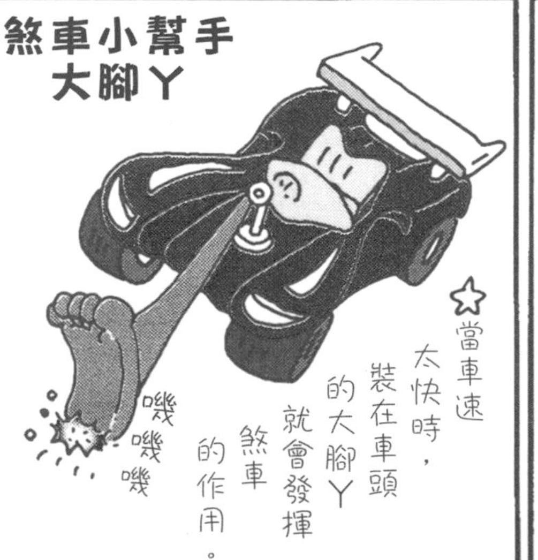

風力管

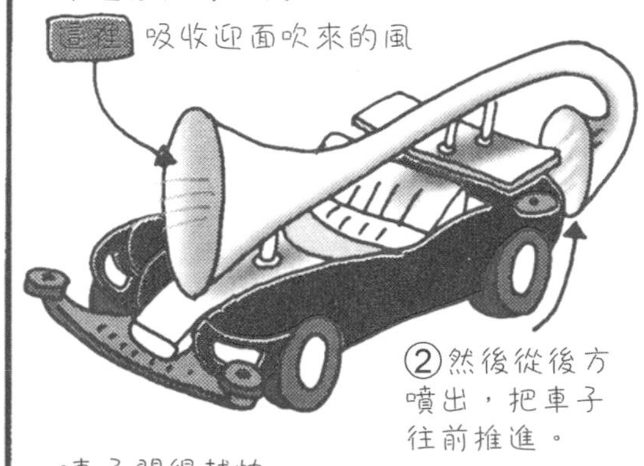

•車子開得越快，
推力越大，車速就會變更快。